L'AUTEUR
MALGRÉ LUI.

Prix de *L'Auteur malgré lui*, 2 fr. 50 cent.

DE L'IMPRIMERIE DE FIRMIN DIDOT,

IMPRIMEUR DU ROI, RUE JACOB, N° 24.

L'AUTEUR
MALGRÉ LUI,

COMÉDIE EN TROIS ACTES ET EN VERS,

PAR M. DE SAINT-REMY,

REPRÉSENTÉE POUR LA PREMIÈRE FOIS, SUR LE THÉATRE FRANÇAIS, LE 18 OCTOBRE 1823.

Tenet insanabile multos
Scribendi cacoethes.
(JUVENAL. *sat.* 7.)

A PARIS,

CHEZ VENTE, LIBRAIRE DES MENUS-PLAISIRS DU ROI, ET DES SPECTACLES DE SA MAJESTÉ,
Boulevard des Italiens, n° 7.

1823.

PRÉFACE.

L'AUTEUR MALGRÉ LUI a reçu autant de critiques que j'en attendais, et beaucoup plus d'éloges que je n'osais l'espérer.

On prend les louanges sans compter, et l'on se croit quitte avec une protestation de reconnaissance. La mienne est sincère et vivement sentie. J'en offre l'hommage à qui de droit.

Il n'en est pas de même des critiques; et quelque modeste qu'on soit, il est difficile de passer condamnation sur tout, et de les trouver toutes également justes et fondées.

Voilà en effet ce qui m'arrive; et, malgré ma résolution, que je croyais inébranlable, de me soumettre, de ne rien répliquer, et de paraître satisfait de la belle part que la critique m'a faite, j'ai senti naître en moi, j'en conviens, le désir de prouver que plusieurs des reproches dont cet ouvrage a été l'objet ne sont pas suffisamment justifiés.

L'occasion me manquait d'exprimer cette opinion; car les journaux, occupés d'intérêts plus graves que ne le sont des discussions littéraires, sont, comme on le sait, ouverts à l'attaque et fermés à la défense. Mais elle m'a été fournie par la demande que m'a faite, de traiter de l'impression, un libraire honnête homme, et, j'en fais la remarque avec intention, qui exerce sa profession sans charlatanisme, qui n'annonce pas des contrats fictifs et imaginaires, et qui ne prend que des engagemens qu'il peut et veut tenir. Voilà donc la place toute trouvée pour une préface, et je me flatte que ma réplique passera par-dessus le marché.

Parmi les articles de journaux auxquels a donné lieu *l'Auteur malgré lui*, et dont plusieurs, dûs à des hommes de lettres pleins de mérite, sont remarquables par la justesse de leurs observations et par leur urbanité, il en est un, celui du *Moniteur*, qui se fait surtout distinguer par la pureté du goût, par la grâce des formes et par un ton exquis. Je l'ai entendu citer comme un modèle de critique littéraire. C'est dire qu'il ressemble à tous ceux qu'on doit à la plume du spirituel écrivain qui, depuis beaucoup d'années, rend compte des spectacles dans ce journal, et dont les articles, un jour réunis, formeront un excellent cours de littérature dramatique.

Ses jugemens font autorité pour moi, et je suis trop honoré des éloges flatteurs qu'il m'accorde, pour ne pas souscrire volontiers à ses légères critiques.

Je ne me piquerai pas d'être d'aussi bonne composition pour celles que m'ont adressées quelques autres journaux. Je suis persuadé que leurs rédacteurs se sont trompés, de bonne foi sans doute, mais par inattention. C'est cette persuasion que je désirerais faire passer dans l'esprit de mes lecteurs.

Je voudrais auparavant dire deux mots, pour n'en plus reparler jamais, du seul article de journal dont j'aie sérieusement à me plaindre. On trouve dans cette comédie quelques sarcasmes contre la basse littérature, et quelques épigrammes contre de prétendus hommes de lettres *sans talent, sans esprit et sans goût*. Ces boutades satiriques sont ordinairement sans conséquence au théâtre, et elles sont trop générales pour qu'on puisse penser à en faire des applications personnelles. On n'en a jamais la *clé*. Ce sont des traits qui vont se perdre dans les airs, et si par malheur quelqu'un vient à en être frappé, il a soin de cacher sa blessure. En effet, pourra-t-on jamais imaginer qu'un écrivain s'indigne de ce qu'on plaisante des auteurs *sans esprit, sans goût et sans talent?* Lequel ne s'en croit pas pourvu au-delà du nécessaire, et peut avoir la malheureuse idée de se reconnaître dans ces vagues peintures? C'est au moins maladroit. Je serais désolé que l'auteur de l'article dont je veux parler eût fait cette méprise; mais sa colère et ses quolibets me le font craindre. A qui la faute? Ce n'est pas la mienne.

Les écrivains périodiques auxquels je veux essayer de répondre en peu de mots sont d'un ordre plus relevé, et les critiques dont ils ont honoré mon ouvrage sont au moins de bon goût et de bonne compagnie. Aux éloges qu'ils ont faits du style de cette comédie ils ont joint le reproche de manquer d'invention, de ne briller que par les détails, d'être une réduction ou une imitation de *la Métromanie*, et enfin de sortir originairement d'un conte de *Marmontel*, intitulé *le Connaisseur*, que plusieurs personnes avaient déja traité.

Ceux qui ont lu l'analyse de la nouvelle pièce dans les journaux, et il y en a plusieurs où l'on a bien voulu la faire en conscience, avec fidélité et sans préoccupation, ont pu se convaincre que l'accusation d'avoir réduit à de plus petites proportions le chef-d'œuvre de *Piron* est très-mal fondée. La fable, l'intrigue, l'action de *l'Auteur malgré lui* sont tout-à-fait différentes. On a bientôt dit qu'une pièce de théâtre est calquée sur une autre; mais il faudrait le prouver, et on ne l'a pas fait. *La Métromanie* est dans la mémoire de tous les hommes lettrés. A présent que *l'Auteur malgré lui* est livré à l'impression, on pourra juger, si l'on daigne s'en occuper, de cette prétendue ressemblance, et de la précipitation avec laquelle l'ont déclarée les deux ou trois critiques auxquels je réponds.

L'un d'eux, connu par la solidité de son instruction et par la distinction de son esprit, M. C. du *Journal des Débats*, pour mieux établir cette similitude imaginaire, suppose un dialogue entre deux amis, dont l'un, à la sortie de la première représentation, raconte à l'autre le succès de la pièce, et lui en fait l'analyse, dans laquelle celui-ci reconnaît le plan de *la Métromanie*, qu'il avoue pourtant, remarquez ceci, n'avoir jamais lue ni vu représenter. Le malicieux historien lui raconte en effet *la Métromanie*. Si cet ami avait été un peu plus lettré que ne le suppose M. C., il eût pu répondre à l'auteur de l'article, dans le langage qu'il prête à ses interlocuteurs : « *Que diable viens-tu donc me conter là?* Je ne te demande « pas l'analyse de *la Métromanie*, mais celle de la pièce « nouvelle. — *Que veux-tu dire à ton tour?* aurait ré- « pondu M. C. Un peu de patience, lis donc; tu trou- « veras, quelques lignes plus loin, la véritable analyse « de *l'Auteur malgré lui*, dans laquelle je fais voir *ses dis-* « *semblances marquées avec le chef-d'œuvre de Piron.* »

Cette analyse, très-spirituelle et très-bien faite, comme

toutes celles de M. C., se trouve en effet dans le même article, qui se termine par un éloge flatteur de quelques scènes et de la versification de l'ouvrage.

Toujours est-il vrai que, si, de ces deux analyses, la seconde seule est fidèle, la première est fausse.

Je profite de l'avantage qui m'est offert de pouvoir répondre aux objections d'un littérateur aussi instruit que M. C., pour éclaircir un doute qu'il élève sur l'intention présumée de l'auteur en traitant ce sujet. Il demande dans la première partie de son article, alors qu'il en est encore à la prétendue ressemblance avec *la Métromanie*, si l'on s'est flatté de *faire mieux ou même de faire aussi bien*.

Je me hâte de protester que jamais une telle pensée n'est entrée dans mon esprit, et que je ne suis point assez présomptueux pour avoir conçu une si folle espérance.

Personne n'a plus que moi de respect et de vénération pour ces grands monumens de la littérature, qui seront l'éternel honneur de l'esprit humain, et qui, au travers même de leurs défectuosités, font admirer, dans leurs belles et majestueuses proportions, l'étendue et la puissance du génie. S'il se rencontre, dans le faible ouvrage que je livre au public, quelques vers auxquels j'attache du prix, ce sont ceux où j'exprime cette idée avec la force de la conviction.

Toute réplique pourrait donc se borner à ceci : Le sujet n'est pas le même ; les personnages agissent dans une autre direction ; les situations sont totalement différentes (*).

(*) M. C. dit dans le même article, en parlant de cette pièce et des sujets analogues, que le public, qui a son amour-propre, arrive au théâtre

Je ne ferai pas aux lecteurs lettrés le tort de leur rappeler le magnifique plan de *la Métromanie,* dont la lecture leur a si souvent donné tant de plaisir, au défaut de celui qu'ils cherchent en vain à sa représentation. Qu'ils me disent si le principal mérite de cet immortel chef-d'œuvre n'est pas dans l'emploi fait par *Piron*, avec tant d'originalité et de bonheur, d'une anecdote du temps, qui est la mystification produite par la correspondance poétique avec la muse bretonne, et surtout dans cette scène de l'entrevue de *Baliveau* et de son neveu, qu'aucune peut-être n'a surpassée, et que *Molière,* comme on l'a très-bien dit, eût enviée à *Piron.* Dans *la Métromanie*, *Francaleu* est un personnage secondaire et toujours prêt

---

avec des dispositions jalouses contre la supériorité d'esprit et de talent, et ne veut pas *qu'on lui parle d'un autre que de lui public.* Si cela était vrai, il me semble que le parterre de nos grands théâtres trouverait insupportable la représentation de la tragédie et de la haute comédie; car je ne crois pas qu'on y compte ordinairement beaucoup d'hommes d'une grande supériorité, de marquis, de princes et de rois. Le public de nos grands théâtres se compose en général de personnes qui ne manquent ni de goût, ni de littérature. Il recherche et sent tout ce qui l'intéresse ou l'amuse, il jouit de toutes les agréables illusions qu'on lui offre; il aime la peinture de toutes les passions, de tous les ridicules, prise n'importe où, dans les classes élevées, dans les classes inférieures, parmi ses égaux.

Si M. C. veut parler du public illétré, du peuple proprement dit, la proposition inverse serait plus admissible, malgré les raisonnemens spécieux dont il appuie son ingénieux paradoxe. Ce public aime à pleurer des malheurs et à rire des folies et des sottises de ses supérieurs. Le tableau de ses propres mœurs et de ses habitudes, qui fait quelquefois sourire les gens bien élevés, quand il ne descend pas trop bas, lui paraît à lui de *mauvais ton;* et l'on sait assez quel vif intérêt lui inspirent les héros de mélodrames, et combien il est édifié tous les soirs par le spectacle du *crime puni* et de la *vertu récompensée.*

à rire de ses œuvres, et même de sa comédie de *l'Indolente*, qu'il va faire jouer par sa société : il *enhardit au mal Damis*, il est vrai ; mais l'ouvrage de ce dernier ne lui inspire que l'intérêt de second ordre qu'on prend aux productions des autres, de ceux même qu'on chérit le plus. Ici c'est de *Merteuil* lui-même qu'il s'agit, et c'est son amour-propre, c'est sa sensibilité d'auteur qui est toujours en jeu. Cette situation est développée dans la scène où il fait présent de sa pièce à *Saint-Firmin*, dupe de sa méprise ; dans celle où *Élise* feint de croire que le projet de mariage, dont il l'entretient, est le plan d'une comédie qu'il lui confie ; dans celle où le parasite *Dermance* fait une critique amère de l'ouvrage qu'il avait exalté quand il l'avait cru de lui ; dans celle où l'oncle *Montfort*, allant à la première représentation, fait des vœux pour la chute de la pièce ; dans une autre scène du troisième acte, où le valet *Dubois* vient rendre compte de la catastrophe à laquelle le méchant *Dermance* et lui avaient travaillé chacun de son côté, et dont il se vante comme d'un coup de maître ; et enfin dans la scène dernière, où, voyant son secret éventé, *Merteuil* est obligé par générosité de s'avouer coupable. Il m'a semblé que le contraste de la position ridicule de *Merteuil* avec la gravité de son état et de son âge, devait produire une situation comique ; et le public en a jugé de même.

Reste donc la scène de raisonnement entre *Merteuil* et *Montfort*, ou, si l'on veut, entre le nouveau *Francaleu* et le *Baliveau* vivant. C'est celle qui peut offrir le plus de rapports entre les deux scènes du chef-d'œuvre ancien et de l'ouvrage moderne. Aussi en a-t-on fait la remarque, et mes deux interlocuteurs ont pris la précaution de la faire eux-mêmes. Il est naturel que, quand on attaque un vice ou un travers de l'esprit, on se serve, dans tous les temps et dans tous les siècles, d'une partie des mêmes raisonnemens pour le combattre. L'homme de bon sens qui veut attaquer ou ridiculiser une manie emploiera, pour y parvenir, le même fond d'argumens, mais en les appropriant aux circonstances, au goût, aux idées du jour, et en les modifiant suivant les mœurs dominantes et les habitudes de la société. *Montfort* combat le travers de *Merteuil* comme *Baliveau* celui de *Francaleu*, mais avec des armes différentes et avec des raisonnemens puisés dans notre expérience de tous les jours, et qu'on n'aurait pas entendus en 1738.

Qu'est-ce que dit en effet *Baliveau* de son neveu et des *gens du métier qu'il embrasse?*

Être, pour ainsi dire, un homme hors des rangs,
Et le jouet titré des petits et des grands!..
Que font-ils pour l'état, pour les leurs, pour eux-mêmes?
De la société véritables frelons,
Chacun les y méprise et craint leurs aiguillons...
Damis ne sera plus qu'un gueux, qu'un misérable.
Son partage assuré, c'est la soif et la faim.

Est-on maintenant, parce qu'on fait des vers, *le jouet des petits et des grands un homme hors des rangs?* Nous ne voyons heureusement pas les poètes contemporains *mourir de faim et de soif*, et ce ne sont ni des *misérables* ni des *gueux*.

Aussi ce n'est pas là ce que craint *Montfort* pour son neveu. Il n'est pas, comme le Capitoul, ennemi juré de la poésie; il exprime une admiration bien sentie pour les chefs-d'œuvre classiques et pour les beaux ouvrages de notre temps. Il ne l'empêche même pas de rimer s'il en a le désir; mais il veut qu'il possède d'abord le plus précieux de tous les biens; il veut

Qu'il s'assure avant tout de son indépendance.

Dans une ville où l'on compte, dit-on, huit cents auteurs de pièces de tous les genres et de vaudevilles de tous les étages, il n'est peut-être personne qui n'ait eu occasion, dans la société, d'entendre plus d'un père de famille raisonner comme M. *de Montfort.*

Il est bon de remarquer que cette grande similitude, cette parité si frappante ne peut être saisie que dans le peu de vers, assurément fort beaux, où *Baliveau* gourmande son ami sur son goût pour la poésie, et dans la réponse de *Francaleu* qui appelle *tout ce long narré*, *préjugé populaire*, *esprit de bourgeoisie;* mais dans l'excellente scène de *Piron*, cette sortie contre les *frelons*, les *gueux* et les *misérables*, n'est qu'accessoire et secondaire; la grande affaire du Capitoul, et l'intérêt principal de la scène, c'est la lettre-de-cachet que doit solliciter le *pendard* lui-même contre qui on la demande. Dans la scène analogue de la nouvelle pièce, *Montfort* dirige exclusivement ses efforts paternels et sa tolérante colère contre *cette fièvre de vers*, véritable maladie de tant de jeunes gens de notre époque,

Qui des riens élégans leur donne l'habitude,
Fausse leur jugement, les distrait de l'étude.

On ne pourrait de bonne foi refuser aux raisonnemens de *Montfort*, à part le talent du peintre, d'être plus développés, plus motivés et d'avoir plus d'à-propos. La métromanie était, il y a quatre-vingts ans, une exception ; aujourd'hui, c'est une épidémie. L'oncle de Toulouse craignait la pauvreté pour son neveu : l'oncle de Châlons, qui a marché avec son siècle, sait bien que c'est à présent un métier comme un autre, et même une assez bonne branche de commerce; mais comme il estime son neveu, il ne serait pas fâché qu'il exerçât une autre industrie.

Nos vices et nos ridicules offrent des nuances multipliées. On est aujourd'hui *fâcheux*, *précieux*, *pédant*, *roué*, d'une autre manière que du temps de *Louis XIV*. La métromanie contemporaine n'a pas non plus les mêmes formes qu'autrefois. Il est sûr qu'il y a toujours des avares; mais ils sont dans des rapports différens avec la société, et n'ont plus de vieux hauts-de-chausses et des pourpoints troués. On a livré à la risée publique des avares placés dans une autre situation que ceux de *Plaute* et de *Molière*. Ne pourrait-on pas traduire sur la scène la maladie de l'avarice avec complication? Les variations des mœurs ont produit d'autres espèces d'hypocrites que les faux dévots. On en a déja peint d'autres, et il en reste encore d'autres à peindre. Il y a des tartufes de mœurs, des tartufes d'humanité, des tartufes littéraires, des tartufes politiques, etc. Il y en a de toutes les façons et de toutes les couleurs.

Si on insistait sur l'*imitation*, je ne vois pas au bout du compte pourquoi j'aurais tant à m'en défendre. Le premier précepte de tous les arts est d'*imiter* les grands modèles, sans cesser d'étudier la nature. N'admet-on pas tous les jours, à côté des compositions pittoresques les plus grandioses, l'expression d'une des pensées qui s'y pressent, resserrée dans des tableaux de chevalet, ou simplement touchée en de faciles et légères esquisses?

Après m'être défendu, avec succès, je l'espère, du reproche d'avoir refait, *la Métromanie*, que j'étudie, que j'admire, et à laquelle je me garde bien de porter la main, il ne me sera pas difficile de répondre à ce qu'on a dit, que le sujet n'était pas de mon invention, et qu'il était tiré d'un conte de *Marmontel*.

Cela est très-vrai, et ce grand secret, je l'avais dit d'avance à tout le monde.

La donnée première, pour me servir du mot technique, est empruntée du *Connaisseur*. Je l'ai développée, mise en scène, et écrite. Voilà tout. C'était un cadre trouvé; j'y consens. Je l'ai disposé pour recevoir un petit tableau, que je me suis efforcé de dessiner avec simplicité et de relever par quelques effets de couleur.

L'invention, les grandes créations originales, sont donc bien communes, pour en exiger tous les jours? Je voudrais bien qu'on m'en montrât la liste.

L'auteur de l'un des articles les plus spirituels où l'on ait parlé de *l'Auteur malgré lui*, demande *quelle est la pièce de théâtre, si justement célèbre qu'elle puisse être, qui soit de point en point sans nul antécédent*. On ne trouve ni dans *Corneille* ni dans *Racine* un seul sujet de pure invention. On sait que *Molière* disait : *Je prends mon bien où je le trouve*. Les compositions dramatiques, tant anciennes que modernes, ont presque toutes pour origine un fait historique, une vieille ballade, un conte, une anecdote. C'est la mise en œuvre, c'est l'exécution qui donne la vie à ce qui était inanimé.

En empruntant à *Marmontel* l'idée de cette pièce, mon premier soin a été d'élaguer des détails et des personnages qui figurent très-bien dans un conte, mais qui nuiraient à l'unité de l'effet dramatique. Il serait ridicule, en traitant ce sujet, de se borner à rimer le dialogue du conteur. Un homme qui se connaît à tout, qui juge de tout, qui embrasse l'universalité des connaissances humaines, comme *Fintac*, n'est nullement comique. Il faut le réduire pour la scène à son point de folie spéciale, à une idée fixe.

C'est peut-être cette méprise, cette erreur dans le choix des matériaux, qui a nui au succès de plusieurs pièces qu'on dit avoir été faites sur ce sujet. Je suppose qu'on veut surtout parler de celle de *Marsollier*, qui fut jouée au théâtre Montansier, en 1791, et dont le seul mérite est d'avoir fourni un rôle de début à une actrice admirable, dont le talent, toujours croissant, a fait depuis et fait encore les délices et l'ornement de la scène française.

On m'a cité un vaudeville en un acte de M. *Pain*, joué il y a vingt ans. Je n'en avais jamais entendu parler. Il y a bien peu de vaudevilles dont on se souvienne à une si longue date.

Quant à la pièce de *Marsollier*, on y trouve, comme de raison, et le *Célicour*, et l'*Agathe*, et le *L'Exergue* obligés, et toute l'encyclopédie du *Connaisseur*. *Marsollier*, qui charpentait quelquefois ses pièces comme *Sedaine*, a écrit celle-ci comme lui. *L'Exergue* est affublé d'une perruque à calotte noire, et porte des souliers à oreilles rouges. Sa calotte est celle de *Cicéron*, son vieil habit fut la toge de *Caton*, et ses souliers les pantoufles d'*Auguste*. *Agathe* est une écervelée, *Célicour* est un niais, *Clément* un valet bel-esprit qui plaisante sur le *Pa-*

ladion, et *Fintac* un franc imbécille qui ne parle que de creusets, de papillons, d'astrolabe, et qui, à ce qu'il dit,

> Est peintre le matin
> Et le soir médecin,
> Et veut, pour assurer le succès de l'ouvrage,
> Avoir cent bras tout prêts,
> Pour, d'un public flottant, décider le suffrage.

Un de mes critiques me représente marchant appuyé d'un côté sur *Piron*, et de l'autre sur *le Connaisseur*, et m'avançant avec cette double escorte. Qu'on juge des secours que j'en ai tirés.

Ma conscience me fait un devoir d'indiquer à leur érudition un autre *Connaisseur* qui leur a échappé peut-être, et auquel je m'accuse d'avoir emprunté deux vers qui m'ont paru heureux, et que j'ai déterrés au milieu de quinze cents autres de la force de ceux-ci :

> Allez-vous en gaîment me chercher à Palmyre
> Ce qu'il y a de rare et de plus précieux.
> Quelle heure est-il? — Une heure: — Il n'y a pas seconde
> Avec. — Il a raison. Comme il mesure tout!
> Heim! voilà ce que c'est de naître avec du goût.

On voit que l'art dramatique a aussi son fumier d'*Ennius*.

Au reste, quel que soit le jugement qu'on porte sur le mérite d'invention de cet ouvrage, mérite auquel je n'attache pas une grande importance, je suis beaucoup moins touché de ce qu'en a dit la critique, que je ne suis sensible aux éloges qu'on a faits du ton qui y règne et du style dans lequel il est écrit. J'aurai atteint le but que je m'étais proposé, si l'on veut bien trouver que je n'ai pas fait parler sur la scène française un langage trop indigne d'elle, et si la lecture de *l'Auteur malgré lui* ne lui fait rien perdre de l'agrément que lui ont donné la diction pure, le naturel, l'ensemble avec lequel il a été représenté par MM. les comédiens français, et le jeu plein de grâce et de gaîté décente de l'aimable actrice qui y remplit le rôle d'Élise.

L'AUTEUR MALGRÉ LUI,

COMÉDIE

EN TROIS ACTES ET EN VERS.

2.

PERSONNAGES.	ACTEURS.
M. DE MERTEUIL, propriétaire, habitant sa maison de campagne, à Vaugirard.	M. Devigny.
ÉLISE, nièce de M. de Merteuil.	Mlle Rose Dupuis.
M. DE MONTFORT, ancien ami de Merteuil.	M. Baptiste, aîné.
SAINT-FIRMIN, neveu de Montfort.	M. Firmin.
DERMANCE, homme de lettres, commensal de Merteuil.	M. St.-Aulaire.
DUBOIS, valet de Saint-Firmin.	M. Monrose.

La scene se passe à Vaugirard.

Les acteurs sont placés au théâtre comme les personnages en tête de chaque scène : le premier inscrit est à droite.

L'AUTEUR MALGRÉ LUI,

COMÉDIE.

ACTE PREMIER.

SCÈNE I.

DUBOIS, SEUL.

Monsieur Montfort ici! que diable y vient-il faire?
Ce maudit oncle-là va gâter notre affaire.
Monsieur de Saint-Firmin, mon maître et son neveu,
Depuis quatre ou cinq mois embellissait ce lieu,
Où tout lui souriait, où Dubois l'accompagne,
Où l'on réunit tout, la ville et la campagne,
Dont l'heureux possesseur, le bon monsieur Merteuil,
Nous a fait à tous deux le plus aimable accueil;
Enfin tout allait bien : maison fort opulente,
Nièce belle à ravir, cuisine succulente!
Pour mon ami Dubois, et c'est fort de son goût,
Excepté les repas, rien à faire du tout.
Oh! la bonne paresse! oh! l'excellente table!

C'est un régime enfin tout-à-fait confortable.
Mais ne voilà-t-il pas qu'un malheureux hasard
Nous amène hier soir Montfort à *Vaugirard!*
Quand je dis le hasard, cela peut ne pas être.
Je gagerais qu'il vient pour marier mon maître.
Il va, cet oncle-là, nous donner du souci;
J'en tremble.

SCÈNE II.

SAINT-FIRMIN, DUBOIS.

SAINT-FIRMIN.

Eh bien, Dubois? voilà mon oncle ici.

DUBOIS.

Je ne le sais que trop.

SAINT-FIRMIN.

Diable! il est bien austère
Aujourd'hui mons Dubois.

DUBOIS.

Je ne saurais me taire,
Et monsieur l'avouera, s'il est de bonne foi,
Cette surprise-là l'amuse autant que moi.

SAINT-FIRMIN.

Eh! pourquoi? car enfin, qu'avons-nous donc à craindre?
Ai-je de mon cher oncle eu jamais à me plaindre?

DUBOIS.

Je ne dis pas cela.

SAINT-FIRMIN.

Tout son bien m'est promis.

Merteuil, notre hôte, est un de ses meilleurs amis.
Est-ce un si grand malheur qu'une nièce piquante
Ajoute aux agrémens d'une maison charmante?
Il le savait; je suis ici de son aveu.
Montfort me traite enfin plus en fils qu'en neveu.

DUBOIS.

Ce n'est pas moi, monsieur, qui dirai le contraire:
En fils, je le sais bien; c'est justement l'affaire.
De son voyage ici je prévois le sujet;
Monsieur Montfort, votre oncle, a sur vous un projet.

SAINT-FIRMIN.

Lequel?

DUBOIS.

Vous marier suivant sa fantaisie.

SAINT-FIRMIN.

Élise sera riche autant qu'elle est jolie.

DUBOIS.

J'en conviens.

SAINT-FIRMIN.

Je ne veux consulter que mon cœur.
Non; pour moi, sans Élise, il n'est point de bonheur.
J'ai d'obtenir sa main la flatteuse espérance,
Et crains peu que Merteuil me préfère Dermance.

DUBOIS.

C'est une question, et l'on peut en douter;
Mais il est autre chose encore à redouter.
De pièces et d'esprit on tient ici fabrique :
Monsieur votre oncle, lui, n'est pas très-poétique;
Il dit qu'ici chacun a la tête à l'envers,
Et déteste en un mot les rimeurs et les vers.

Fier d'un nom illustré par l'épée et la toge,
Quand on a de l'esprit, il croit que l'on déroge;
Et vos charmans essais, monsieur, souvenez-vous
Qu'ils n'ont fait à *Châlons* qu'exciter son courroux.

SAINT-FIRMIN.

Tu le verras bientôt, Dubois, car tu t'abuses,
Fêter ainsi que nous et l'amour et les muses.

DUBOIS.

Les œuvres de Montfort! ce sera gai, ma foi.

SAINT-FIRMIN.

Vas voir, en attendant, s'il a besoin de toi.

(Dubois sort.)

SCÈNE III.

SAINT-FIRMIN, SEUL.

Ce que le drôle a dit est assez raisonnable,
Et sa crainte pour moi n'est que trop vraisemblable.
Quoi! mon oncle aurait fait un vil calcul d'argent!
C'est l'usage aujourd'hui... Le cas devient urgent.
Content de voir Élise, et d'aimer en silence,
Faut-il abandonner la victoire à Dermance?
Jamais pour mon rival Élise assurément
N'a d'un oncle aveuglé partagé l'engoûment.
Quand d'un air si dolent il dépeint son martyre,
Élise, à ses dépens, est toujours prête à rire.
Peut-être elle me traite avec moins de rigueur...
Le moment est venu d'interroger son cœur,
Et je veux lui parler... J'entends rire; c'est elle.

SCÈNE IV.

ÉLISE, SAINT-FIRMIN.

ÉLISE, riant.

Ah! monsieur, vous manquez une scène bien belle.

SAINT-FIRMIN.

Scène de comédie?

ÉLISE.

Oh! du genre bouffon.
Dermance met mon oncle au-dessus de *Buffon*.
Il admire en son style une grâce infinie,
Et trouve que *Voltaire* avait moins de génie.

SAINT-FIRMIN.

Et votre oncle l'écoute?

ÉLISE.

Il lui dit qu'il a tort,
Et que le compliment est peut-être un peu fort.

SAINT-FIRMIN.

C'est vrai.

ÉLISE.

Vous trouvez donc?

SAINT-FIRMIN.

C'est une impertinence.
Mais qu'est-ce donc enfin que ce monsieur Dermance?
Et que veut-il?

ÉLISE.

A lui vous vous intéressez?

SAINT-FIRMIN.

Très-médiocrement; mais vous le connaissez

Mieux que moi, j'imagine, et je vous questionne.

ÉLISE.

Je puis vous informer beaucoup mieux que personne.
Son pathos n'est chez lui qu'un tour ingénieux
Pour louer son ami bien moins que mes beaux yeux;
Et mon oncle eût fait seul vingt poëmes épiques,
Qu'il en eût obtenu moins de panégyriques.
Voilà le grand secret que vous vouliez savoir;
Car vous, monsieur, vraiment vous ne savez rien voir.

SAINT-FIRMIN.

Je vois trop que Dermance à votre oncle a su plaire.

ÉLISE.

Cela doit être... Un fat, Tartuffe littéraire,
Sans esprit et sans goût, vil flatteur, froid pédant,
La moitié d'un poète et le quart d'un savant.

SAINT-FIRMIN.

C'est en fort peu de traits achever la peinture.

ÉLISE.

Ressemble-t-elle?

SAINT-FIRMIN.

Oh! oui, c'est ce qui me rassure.

ÉLISE.

Voilà l'illustre objet dont mon oncle est épris.
Dermance est en ces lieux le chef des beaux-esprits,
Qui jugent sans appel, sous ce nouveau Mécène,
La chaire et le barreau, la tribune et la scène,
Les sciences, les arts, et la prose et les vers.
Ils savent en commun exploiter un travers,
Qui par eux dans Merteuil devient une folie.
C'est pis que *Francaleu* de la *Métromanie*.

Ses amis l'ont connu moins savant qu'aujourd'hui;
Mais un beau jour l'Olympe est descendu chez lui.
Dès-lors prenant son vol, et malgré la nature,
Mon oncle s'est lancé dans la littérature.
On vient de toutes parts, avant dîner surtout,
Demander les conseils de l'arbitre du goût.
Autour de lui pressé, le cercle parasite
L'enivre incessamment de son propre mérite.
Dès qu'il parle, on se tait; et chaque mot qu'il dit,
A l'instant, quel qu'il soit, en chœur on l'applaudit:
« Parfait! Il restera! Bon trait! Fine satire! »
Étonné de lui-même, il s'écoute, il s'admire,
Et ses adulateurs, du matin jusqu'au soir,
Sans façon sur le nez lui cassent l'encensoir.

SAINT-FIRMIN.

Votre oncle aux qualités qu'il reçut en partage
Joint un léger travers. Ce n'est pas à son âge,
S'il y prend du plaisir, qu'on peut l'en corriger.
Merteuil a sa faiblesse; il le faut ménager.

ÉLISE.

Lui sans doute, mais seul; et l'on doit sans scrupule
Sur ces tristes bouffons verser le ridicule.
Épargnez donc des gens qui s'en viennent chez vous
Fonder pour leur usage un hôpital de fous!
L'un combat pour *Shakspeare* et pour les romantiques;
A cheval sur *Boileau*, l'autre est tout aux classiques;
Les phrases et les cris s'appellent des raisons,
Et c'est l'Académie aux petites-maisons.
Il faut surtout les voir, en club philarmonique,
Dans un obscur jargon déraisonner musique,.

Et, sans connaître un *ut*, prononcer au hasard
Les uns pour *Rossini*, les autres pour *Mozart*.
Leurs noms comme leurs goûts, pris hors de la patrie,
Viennent de l'Angleterre ou bien de l'Italie.
Le moins extravagant, l'architecte *Girard*,
A nommé ce jardin *la villa Vaugirard*.

SAINT-FIRMIN.

N'est-ce qu'en partageant leur risible démence
Qu'on peut plaire à Merteuil aussi bien que Dermance?

ÉLISE.

Il est moins exigeant. Vous êtes de son goût;
Il vous déclare fait pour réussir à tout.
Vraiment il vous protège, et je crois qu'il vous aime.

SAINT-FIRMIN.

Si sa nièce sur moi daignait penser...... de même....

ÉLISE.

Oh! de même!.... nos goûts s'accordent rarement...
Mais nous avons parfois le même sentiment.....
Surtout quand le sujet n'est pas d'une importance
Qui l'élève au-dessus de mon intelligence.

SAINT-FIRMIN.

Par exemple le jour qu'il vous parlait de moi....

ÉLISE.

Qu'il m'en disait du bien?

SAINT-FIRMIN.

Soyez de bonne foi,
Qu'avez-vous répondu?

ÉLISE.

Moi? je l'ai laissé dire.

SAINT-FIRMIN.

Sans l'approuver?

ÉLISE.

Mais non, et sans le contredire.

SAINT-FIRMIN.

Comme on fait d'un objet indifférent?

ÉLISE.

Assez.

SAINT-FIRMIN.

Si pourtant, je suppose...

ÉLISE.

Eh! bien, oui, supposez.

SAINT-FIRMIN.

En vous parlant de moi, cela n'est pas étrange,
Il vous eût demandé....

ÉLISE.

Vous aimez la louange...
Si mon oncle croyait que je pense autrement,
Il ferait trop de tort à mon discernement.

SCÈNE V.

ÉLISE, MERTEUIL, SAINT-FIRMIN.

MERTEUIL.

Ah! je vous trouve; il faut que nous causions ensemble.
Çà, vous parliez raison tous les deux, ce me semble.

SAINT-FIRMIN.

Mais oui.

MERTEUIL.

C'est très-bien fait; ma nièce a grand besoin

De solides discours. Chargez-vous de ce soin;
Vos conseils sont fort bons.

SAINT-FIRMIN.

Et quel maître n'efface
Un si piquant prit, orné de tant de grâce?

MERTEUIL.

Propos galants.

ÉLISE.

J'en sais tout autant qu'il m'en faut,
Mon oncle.

MERTEUIL.

Pas du tout, et c'est là ton défaut.
Nous avons, on le sait, une mine agréable,
Des talents variés, de l'esprit comme un diable,
Et de l'instruction; mais encor un peu plus
T'irait bien... Je voudrais, vœux hélas! superflus,
Te voir approfondir les beaux temps de l'histoire.

ÉLISE.

Moi! me casser la tête, et charger ma mémoire
D'un effroyable amas de dates et de noms!
Pourquoi? Pour voir des sots dupés par des fripons.

MERTEUIL.

Contre nos grands auteurs la sentence est brutale.
Grâce au moins, s'il vous plait, pour l'antique morale.
Le moyen de convaincre un semblable lutin!
J'y renonce.

ÉLISE.

Mon oncle y perdrait son latin.

MERTEUIL.

Laisse-nous. Aussi-bien un objet d'importance

Exige entre nous deux un mot de conférence.

ÉLISE.

Allons, bien du plaisir avec les grands auteurs.
Moi, qui n'arrive pas jusques à ces hauteurs,
Je vous laisse avec eux en bonne compagnie.
Adieu, messieurs.

MERTEUIL.

Bonjour.

(Élise sort.)

SCÈNE VI.

MERTEUIL, SAINT-FIRMIN.

MERTEUIL.

Elle est enfin partie,
Et veut bien nous promettre un peu de liberté.
Avec son œil mutin et sa folle gaîté,
Ce ne sera jamais qu'une aimable ignorante.

SAINT-FIRMIN.

Élise en sait assez, puisqu'Élise est charmante.

MERTEUIL.

Bah! Bah! je lui voudrais un esprit plus nourri,
Qui fût digne, en un mot, de son futur mari.

SAINT-FIRMIN, à part.

Où veut-il en venir?

MERTEUIL.

Mais laissons là ma nièce,
Et causons. Ainsi donc, vous avez lu ma pièce?
Je vois que vous voulez m'en faire compliment.
Je le veux, Saint-Firmin, parlez-moi franchement.
Voyons; n'auriez-vous point, par excès d'indulgence,

Passé légèrement sur quelque négligence?

SAINT-FIRMIN.

Je ne crois pas.

MERTEUIL.

Allons; dites-m'en bien du mal....

SAINT-FIRMIN.

Ah!

MERTEUIL.

Si vous en pensez. C'est un ami loyal,
Et non pas un flatteur, que le goût interroge;
Et je sais recevoir la critique et l'éloge.

SAINT-FIRMIN.

Je suis vrai.

MERTEUIL.

Qu'à ce mot de bon cœur j'applaudis!
Mon sujet vous plaît donc? Qu'en dites-vous?

SAINT-FIRMIN.

Je dis...

MERTEUIL.

Qu'il est heureux? C'est neuf. L'intrigue est-elle bonne?

SAINT-FIRMIN.

Mais...

MERTEUIL.

Cela vaut-il mieux que tout ce qu'on nous donne?
Sans compliment.

SAINT-FIRMIN.

Monsieur....

MERTEUIL.

Vous admirez donc là
Ce que les gens de l'art nomment *vis comica*?

SAINT-FIRMIN.

C'est-à-dire....

MERTEUIL.

Le style? Eh bien! que vous en semble?

SAINT-FIRMIN.

Le style....

MERTEUIL.

C'est coulant. Les détails et l'ensemble,
Tout vous charme, en un mot... Oh! vous avez raison;
Ce langage me plaît. La louange a, dit-on,
Et la critique aussi, sa noble hardiesse.
Je suis ravi de voir que vous aimez ma pièce.

SAINT-FIRMIN.

Moi?.. (A part.) Si j'en aime rien, je veux être pendu.

MERTEUIL.

Vous ne doutez donc pas du succès qui m'est dû?

SAINT-FIRMIN.

Vous comptez?...

MERTEUIL.

Comme vous, sur un succès d'emblée.
J'en accepte l'augure... Et la grande assemblée,
Si l'auteur était vous, ne vous ferait pas peur?

SAINT-FIRMIN.

Je ne sais; mais, monsieur, je n'ai pas cet honneur.

MERTEUIL.

Pourquoi pas?... J'ai pour vous une tendresse extrême,
Et vous allez juger à quel point je vous aime.
C'est un père qui veut à vos soins obligeans
Confier les destins de l'un de ses enfans.
Écoutez. Mes conseils sont ceux d'un ami sage.

Vous voilà, Saint-Firmin, à la fleur de votre âge,
Brûlant de parcourir le domaine des arts.
Il faut du premier coup fixer tous les regards.
Déja mon jeune ami, franchissant la barrière,
Compte des pas heureux marqués dans la carrière.
Sa muse adolescente eut même des succès,
Et se fit applaudir à Châlons, je le sais.
Quelques vers bien tournés, des madrigaux aux femmes,
Une ode, des couplets, cinq à six épigrammes,
C'est là plus qu'il n'en faut, aux lieux où l'on est né,
Pour faire un certain bruit dans un cercle borné.
A Paris, mon enfant, il faut changer de style.
Le chemin de la gloire est long et difficile;
Mais, contre les écueils prête à vous protéger,
Pour vous mon amitié saura bien l'abréger.
Un ouvrage d'éclat, comme une comédie,
La mienne, puisqu'on veut qu'elle soit applaudie,
Serait un beau début.... Je vous la donne.

SAINT-FIRMIN.

A moi!

MERTEUIL.

Je ne saurais douter de votre bonne foi.
N'avez-vous pas prédit le succès de l'ouvrage?
Quand le public au vôtre aura joint son suffrage,
Du Pinde loin de vous laissant les étourneaux,
Dans les cercles admis, prôné dans les journaux,
Cité comme un modèle et d'esprit et de grâce,
Dans le monde à l'instant vous marquez votre place.

SAINT-FIRMIN.

La gloire a des attraits; mais acquise à ce prix,

Je la vois sans désir et n'en suis plus épris.

MERTEUIL.

Et pourquoi, mon ami?

SAINT-FIRMIN.

J'irais donc sans scrupule
Sous le masque abuser le spectateur crédule!
Usurper des honneurs que vous réclameriez!
M'exposer à la honte!...

MERTEUIL.

Allons donc, vous riez.

SAINT-FIRMIN.

Non, l'orgueil jusque-là ne pourra me séduire.

MERTEUIL.

Préjugé de province et facile à détruire!
Dites-moi, s'il vous plaît, quel poète vanté
Doit à lui seul son nom et sa célébrité?
Acceptez le trop plein d'un riche portefeuille.
De mon laurier qui croît je détache une feuille.
L'âge futur encor sera fort bien doté,
Et l'on a fait la part de la postérité.

SAINT-FIRMIN.

Mon honneur se révolte à cette seule idée.

MERTEUIL.

Quelle obstination bizarre et mal fondée!
Écoutez, Saint-Firmin; raisonnons à présent.
Ne m'est-il pas permis de vous faire un présent?

SAINT-FIRMIN.

J'en suis touché, monsieur; mais cette offre m'étonne;
N'osez-vous recueillir votre gloire en personne?

MERTEUIL.

Je ne le pourrais guère.... un juge, un magistrat....
Ce certain décorum qu'on garde par état.....
Mais l'ouvrage est à vous puisqu'il a su vous plaire;
Vous ne l'avez pas fait, vous auriez pu le faire.
Pour vous nul embarras, aucun soin, tout est prêt.
J'ai fait tout, et mon nom est pourtant un secret.
Je vous dirai comment, par une feinte heureuse,
Et sous l'incognito, l'œuvre mystérieuse
Fut offerte, reçue, apprise en moins d'un mois.
Un autre auteur le fit; c'est *Voltaire*, je crois.
Vous saurez, mon ami, comme on fait des miracles;
Mais pour vous, en un mot, je ne vois plus d'obstacles;
Vous n'avez qu'à jouir.

SAINT-FIRMIN.

Et le public?

MERTEUIL.

Pourquoi?
N'est-ce pas une affaire entre vous seul et moi?
Il est indifférent au public que la pièce
Soit de moi, soit de vous, soit même de ma nièce.
Le spectateur la voit, la juge, bâille ou rit;
Car le nom n'est pour rien aux plaisirs de l'esprit.
Contemplez, Saint-Firmin, les fruits de la victoire.
Je vous mêle à mes plans de bonheur et de gloire.
A moi par ce lien plus que jamais uni,
Ne partagez-vous pas le plaisir infini
De voir, selon mes vœux, le succès de la pièce
Dès demain couronné par l'hymen de ma nièce?

SAINT-FIRMIN, à part.

Sa main serait le prix !... O ciel!

MERTEUIL.

Vous acceptez?

SAINT-FIRMIN.

C'est trop d'honneur cent fois; mais pourtant permettez...

MERTEUIL.

Hésitez-vous encor, quand tout vous favorise?
Qu'avez-vous à rêver?

SAINT-FIRMIN.

Monsieur, l'hymen d'Élise
Est résolu?

MERTEUIL.

Mais oui; c'est un point décidé.
Du reste, le secret parfaitement gardé...

SAINT-FIRMIN.

Sur l'hymen?

MERTEUIL.

Sur la pièce. Ah! bon, voici Dermance.
Il vous contera tout.

SAINT-FIRMIN.

Monsieur, je l'en dispense.

SCÈNE VII.

SAINT-FIRMIN, MERTEUIL, DERMANCE.

MERTEUIL.

Eh! mais, mon cher Dermance, on ne peut vous avoir;
Tout le monde vous cherche et brûle de vous voir,
Saint-Firmin le premier.

SAINT-FIRMIN.

Qui? Moi?

DERMANCE.

Monsieur?

MERTEUIL.

Sans doute.
Le jour où de la gloire il va s'ouvrir la route,
Il faut bien, mon ami, guider ses premiers pas.

SAINT-FIRMIN.

Monsieur?...

DERMANCE.

L'exemple ici ne lui manquera pas.
Dans les jeux du Parnasse et dans l'art de la scène,
Quel modèle plus pur, quel plus noble Mécène!
Qui pourrait mieux que vous, avec plus de clarté,
Dévoiler à ses yeux la docte antiquité,
Et l'empêcher surtout de se laisser séduire
Par tous les faux brillans que notre siècle admire?

MERTEUIL.

Allons donc, mon ami, vous voulez me flatter.

DERMANCE.

Instruit, formé par vous, que ne peut-il tenter?
Qu'il se livre sans crainte à l'essor de sa veine.
On retrouve chez vous la source d'Hippocrène.

MERTEUIL.

Vous me faites honneur... permettez, mon ami.
Vous ne m'avez, je crois, entendu qu'à demi.
Vous savez avec art des fleurs de la louange
Orner tous vos discours, et parlez comme un ange;
Mais c'est pour le moment, mais c'est pour aujourd'hui,

Et non pour l'avenir, qu'il nous faut votre appui.
Comprenez-vous?

DERMANCE.

Parlez; quel est donc ce mystère?

SAINT-FIRMIN.

De grâce...

MERTEUIL.

Plus long-temps je ne saurais me taire.
Vous admiriez hier un ouvrage charmant...

DERMANCE.

C'est vrai....

MERTEUIL.

Que j'ai soumis à votre jugement.

DERMANCE, souriant.

J'ai reconnu l'auteur.

MERTEUIL.

Moi?

DERMANCE.

Vous.

MERTEUIL.

Tout au contraire.

(Il fait un signe qui indique Saint-Firmin.)

SAINT-FIRMIN, troublé

Ah! monsieur!...

DERMANCE.

Modestie aux auteurs ordinaire.
Et pourquoi donc cacher un aussi grand talent?

MERTEUIL.

Protégez, mon ami, ce jeune homme excellent,
Mon enfant, mon élève. Il faut vous mettre en quatre

Pour le faire applaudir, dût-on même combattre.
Je n'implorerais pas tant de faveur pour moi;
Mais un talent naissant m'en impose la loi.

SAINT-FIRMIN.

Monsieur....

MERTEUIL.

Je vois pour lui quel zèle vous enflamme.
Le parterre est à vous, et vous en êtes l'âme.
Allez donc seconder les vœux de l'amitié,
Et dans un beau succès vous serez de moitié.
Je mets à cette affaire une importance extrême.
Songez bien que l'on va nous jouer ce soir même.

DERMANCE.

M'avoir fait un secret! Ah!

MERTEUIL.

Pardon.

DERMANCE.

C'est bien mal;
Méchant!

MERTEUIL.

J'avais trouvé le tour original,
Et par un coup d'éclat je voulais vous surprendre.

DERMANCE.

Et d'un peu de rancune il faut donc se défendre?

MERTEUIL.

Oui.

DERMANCE.

L'auteur et l'ouvrage ont par un double attrait
Le don de m'inspirer un égal intérêt.
On me verra toujours protéger le mérite.

Je vous laisse un moment, et je pars.

MERTEUIL.

Allez vite;

Servez-nous comme il faut.

SCÈNE VIII.

MERTEUIL, SAINT-FIRMIN.

MERTEUIL.

Êtes-vous satisfait?

Nos affaires vont bien.

SAINT-FIRMIN.

Hélas! Qu'avez-vous fait!

MERTEUIL.

C'est un triomphe sûr qu'un ami vous ménage.
Oh! vous ne pouvez pas reculer davantage.

SAINT-FIRMIN.

Je le sais. Puisqu'enfin vous l'avez exigé,
Et que jusqu'à ce point vous m'avez engagé,
Qu'avec mon oncle au moins on garde le silence.
Assez tôt il sera dans notre confidence.
Il est de l'art des vers moins amateur que vous,
Et je m'attends à voir éclater son courroux.

MERTEUIL.

Oui, Montfort a l'humeur tant soit peu prosaïque.
Bah! Vous aurez sa voix comme la voix publique;
Laissez faire. Avec lui je serai donc discret,
Puisque vous le voulez; mais j'en ai du regret.
Je veux pourtant qu'il aille à la pièce nouvelle;
Il aura le chagrin de la trouver fort belle.

Je vais l'y décider par cent bonnes raisons,
En ayant soin toujours d'éloigner les soupçons.
Adieu.

SCÈNE IX.

SAINT-FIRMIN, SEUL.

Vit-on jamais plus bizarre aventure!
Je fais là, j'en conviens, une belle figure!
J'étais tranquille, heureux et libre d'embarras.
Me voilà maintenant un drame sur les bras!...
Contre un tel guet-apens qui pourrait se défendre?
Ai-je dit un seul mot? A-t-il voulu m'entendre?....
Que devenir?... Merteuil, si je l'ai bien compris,
D'Élise, à son insu, met la main à ce prix...
Allons; pour obtenir une palme aussi belle,
Je vais me dévouer et tout risquer pour elle.
D'ailleurs, un peu de honte est bien vite passé,
Et par l'amour heureux bien plus vite effacé...
Le public est lui-même un prince débonnaire.
Oui; mais par quelque endroit il faut au moins lui plaire.
Si pourtant le hasard... On a vu des succès!....
Ah! bon Dieu!... Je pourrais en citer que je sais!...
Tous les maux à présent s'offrent à ma pensée.
Élise blâmera ma faiblesse insensée,
En rougira peut-être; et je perds en un jour
Son estime, l'honneur et l'espoir de l'amour.
Que je suis malheureux!

SCÈNE X.

SAINT-FIRMIN, DUBOIS.

DUBOIS.

Monsieur?

SAINT-FIRMIN.

Que viens-tu faire?

DUBOIS.

Que fait-on aujourd'hui?

SAINT-FIRMIN.

Rien.

DUBOIS, à part.

Comme à l'ordinaire.

(Haut.)

Monsieur ne donne pas ses ordres pour ce soir?

SAINT-FIRMIN.

A quel propos?

DUBOIS.

Ici, tout le monde veut voir
Au Théâtre-Français une pièce nouvelle,
Qu'on dit, ma foi, superbe... attendez... qui s'appelle...
Eh, mon Dieu!... C'est égal. J'en ai perdu le nom.
Bref, tout le monde y va. Vous en êtes?

SAINT-FIRMIN.

Non.

DUBOIS.

Non?
La curiosité chez monsieur n'est pas grande.
Moi, fort innocemment j'ai fait cette demande,

Parce que j'ai vu tout en mouvement ici.
Monsieur Dermance y va, monsieur votre oncle aussi.

SAINT-FIRMIN.

Eh! que m'importe?

DUBOIS.

Ah! ah! quant à mademoiselle,
Je ne sais pas...

SAINT-FIRMIN.

C'est bon.

DUBOIS.

Pardonnez à mon zèle.
C'est que monsieur Merteuil donne ordre d'atteler.

SAINT-FIRMIN.

Va-t'en. Quand il faudra, je saurai t'appeler.
Écoute...

DUBOIS.

Me voilà.

SAINT-FIRMIN.

Veux-tu voir cette pièce
Où tout le monde court, hormis l'oncle, la nièce,
Et moi?

DUBOIS.

Très-volontiers.

SAINT-FIRMIN.

Prends mon cabriolet;
Va, sans perdre de temps, acheter un billet;
Sans cabaler surtout, observe le parterre,
Et reviens tout me dire, oui, tout sans me rien taire.
Quel que soit le succès, ne l'annonce qu'à moi;
Car si je l'apprenais par un autre que toi,

Tu ferais échouer mon projet.

DUBOIS.

Oh! malpeste!
Le cas est sérieux... Je vous entends de reste.

SAINT-FIRMIN.

Dermance y va?

DUBOIS.

Je crois. Faut-il demander?

SAINT-FIRMIN.

Rien.

DUBOIS.

En cela comme en tout je vous servirai bien;
Comptez-y.

SAINT-FIRMIN.

Tu viendras chez moi prendre une lettre,
Que près du Luxembourg il faut aller remettre;
C'est ton chemin.

(Il sort.)

SCÈNE XI.

DUBOIS, SEUL.

Je vois qu'on me cache un secret;
C'est fort mal. A Dubois! un garçon si discret!
Dermance y va?.. Non... Rien... Quel est donc ce mystère?
Eh bien! j'ai deviné ce que l'on veut me taire.
Nous avons un rival; donc c'est un ennemi.
Il faut, pour ne pas faire une chose à demi,
Le supplanter... Mon maître a des droits sur la nièce.

Un rival bel-esprit!... C'est l'auteur de la pièce.
Allons, je tiens l'énigme et je n'en puis douter.
La circonstance est bonne; il en faut profiter.
Merteuil est, je le sais, trop épris de la gloire
Pour estimer celui qu'a trahi la victoire.
Une fois malheureux, notre homme est éconduit.
Eh bien! il le sera; c'est Dubois qui l'a dit.
La lettre est faite... Allons, déchaînant la cabale,
Dévouer la victime à sa fureur brutale.

FIN DU PREMIER ACTE.

ACTE SECOND.

SCÈNE I.

MONTFORT, MERTEUIL.

MERTEUIL.
De Châlons pour gronder vous venez donc exprès?

MONTFORT.
Je n'en dis pas encore autant que je voudrais.

MERTEUIL.
Vous vous fâchez?

MONTFORT.
Mais oui, je ne saurais m'en taire.

MERTEUIL.
Que vous avez, Montfort, un esprit terre à terre!
Votre neveu du Pinde est un des nourrissons,
Et du goût en ces lieux il reçoit les leçons.

MONTFORT.
L'utile passe-temps, et la belle carrière!
Quand je lui veux trouver une riche héritière,
Est-ce un faiseur de vers que l'on viendra chercher?
A ce genre de vie il le faut arracher.
Je ne permettrai pas que le nom de son père,
Un nom qu'à si bon droit la Bourgogne révère,
Soit en des mots rimés sottement compromis,

Et vienne à nos dépens amuser tout Paris.
Vous riez? moi, j'enrage, et ne le cache guère.

MERTEUIL.

Laissez-le s'élancer hors des rangs du vulgaire.
Il peut aller fort loin, votre aimable neveu;
Croyez-en un ami qui s'y connaît un peu.
Faut-il, quand pour la gloire une jeune âme est née,
Arrêter son essor, borner sa destinée?
Opposant au mérite un effort impuissant,
Barbare, voulez-vous l'étouffer en naissant?

MONTFORT.

Quand d'un neveu chéri le bonheur seul m'occupe,
De vos grands mots, Merteuil, je ne suis point la dupe.
Cette ardeur de rimer, cette fièvre de vers,
Est dans les jeunes gens un malheureux travers,
Qui des riens élégans leur donne l'habitude,
Fausse leur jugement, les distrait de l'étude.
Sûr une fois du sort qu'il aura su choisir,
Mon neveu rimera, s'il en a le désir.
J'approuve même assez qu'un auteur se promène,
En rêvant aux neuf sœurs, dans son propre domaine.
Mais avant de l'avoir, il le faut acquérir,
Et pour céder le mien, je ne veux pas mourir.
Il faut donc, s'il vous plaît, que, changeant d'existence
Il s'assure avant tout de son indépendance.
Je veux vous l'enlever.

MERTEUIL.

Allez-vous, dès demain,
Au fond de la Bourgogne enterrer Saint-Firmin?
Croyez qu'avec ses goûts les façons de province

Ont pour lui désormais un attrait assez mince.
Offrez donc les plaisirs de l'antique piquet
Et des petits salons l'insipide caquet
A des esprits formés par le culte des lettres,
Et nourris tous les jours dans l'entretien des maîtres.

MONTFORT.

Le mot est obligeant. Ainsi les bons esprits
Sont donc tous, selon vous, renfermés dans Paris,
Et tout homme qui vit hors de la capitale,
Il faudra l'appeler Iroquois ou Vandale !
Détrompez-vous, Merteuil. Nous n'avons pas l'honneur,
Ainsi que vous, d'avoir à dîner maint auteur ;
Nous nous en passons bien. Exempts de coterie,
Nous savons applaudir les bons sans flatterie ;
Les sots sont condamnés sans rien dissimuler,
Et notre gros bon sens va jusqu'à les siffler.
Chez nous à la personne on préfère l'ouvrage ;
De l'absurde et du beau nous faisons le partage ;
Nous ne tirons pas d'eux un éclat mensonger,
Mais nous nous réservons le droit de les juger.

MERTEUIL.

Eh ! comptez-vous pour rien le plaisir que l'on goûte
A rendre sa pensée en bons vers ?

MONTFORT.

Oui, sans doute.

D'abord, mon cher Merteuil, on fait peu de bons vers :
Quant aux mauvais que font tant d'esprits de travers,
Étourdiment livrés à leur fougue éphémère,
Ce plaisir prétendu me semble une chimère.
Quelle rage en effet que de tuer un temps

Que devraient réclamer tant de soins importans,
A mesurer des mots pesés dans la balance,
A les subdiviser par égale distance,
Et, copiant l'écho qui répète un vain son,
Mettre parfois d'accord la rime et la raison!
C'est être plus que fou.

MERTEUIL.

Quel blasphème! à l'en croire,
Divine poésie, on t'ôterait la gloire,
Et d'éclairer l'esprit et d'émouvoir le cœur.

MONTFORT.

C'est vouloir à plaisir me prêter une erreur.
Je flétris des auteurs sans verve et sans génie,
Étrangers au bon sens ainsi qu'à l'harmonie;
Mais ceux qui, s'adressant à la postérité,
Font dans leurs nobles vers tonner la vérité,
A l'honneur du pays qui consacrent leurs veilles,
De la gloire et des arts qui chantent les merveilles,
Qui, nous attendrissant sur d'illustres malheurs,
Après *Racine* encor nous arrachent des pleurs,
Dont la muse élégante, à bon droit applaudie,
Rend aux Français charmés la haute comédie,
Qui du grand siècle enfin sont les dignes rivaux,
Autant et plus que vous, j'admire leurs travaux.
Souffrez donc mes mépris pour de méchans ouvrages,
Où sont à la raison prodigués les outrages,
Pour ces pâles essais, et leurs petits auteurs,
De *Favart*, de *Collé* tristes imitateurs,
Désavoués par l'art, le goût et la nature,
Imperceptibles nains de la littérature,

Et pères impuissans de maint faible avorton,
De farces sans gaité, lazzis de mauvais ton,
Qui, ne pouvant atteindre à deux scènes complètes,
S'en vont éparpillant leur esprit en bluettes.
Livrez-moi sans pitié tous ces marchands auteurs,
Traitant la poésie en vrais spéculateurs,
Dont le talent mobile, instrument mécanique,
Trafique incessamment de ses vers de fabrique;
Ceux qui, pourvus de tout, excepté de bon sens,
Vendent, à qui les veut, ou le fiel ou l'encens,
Et ceux qui, conservant le style des écoles,
Où l'on cherche une idée, arrangent des paroles.
Il faut à Charenton les envoyer rimer,
Et j'en sais de moins fous qu'on a fait enfermer.

MERTEUIL.

D'où vient tant de courroux ?

MONTFORT.

C'est que leur industrie
Enrichirait l'état, servirait la patrie;
C'est qu'au lieu de broder des fadaises, des riens,
Ils feraient prospérer leurs moissons et leurs biens;
Qu'enfin ils obtiendraient un renom moins futile
D'un honnête négoce ou d'un travail utile,
Et verraient, du théâtre évitant les hasards,
Le Louvre orné par eux des produits de nos arts.

MERTEUIL.

Vous me divertissez. Cette fureur bouffonne
Fait qu'en parlant raison mon ami déraisonne.
Votre courroux me plaît; mais il n'est pas nouveau:
Piron fit deux portraits en peignant *Baliveau.*

MONTFORT.

C'est à bien plus grands traits qu'il dessina le vôtre.
Le *Francaleu* vivant n'est pas moins fou que l'autre.
Auquel s'applique mieux cette apostrophe-là?
Écoutez. « *Vous sied-il, à l'âge où vous voilà,*
« *Fait pour morigéner la jeunesse étourdie,*
« *Que par vous-même au mal elle soit enhardie?*
On connaît ses auteurs, et l'on peut les citer;
Mais un peu mieux que vous on en sait profiter.

MERTEUIL.

De rire en vérité je ne puis me défendre.
Que je voudrais, mon cher, pouvoir vous faire entendre
De nos savans amis, que je rassemble ici,
Quand sur un art divin vous raisonnez ainsi!
Où sont donc et Dermance et Saint-Firmin lui-même?

MONTFORT.

Saint-Firmin, dites-vous? je l'estime et je l'aime.
Feu mon frère mourut sans lui laisser un sou,
Mon bien y suppléra; mais s'il est assez fou,
S'il est assez ingrat, assez opiniâtre,
Pour briguer, malgré moi, des succès de théâtre,
Qu'enfin il ait assez un esprit de travers,
Pour donner au public pièces, chansons ou vers,
Je le chasse à jamais de ma maison, s'il l'ose;
C'est moi qui vous le dis en excellente prose.

MERTEUIL.

Vous aurez sur les vers un autre avis ce soir,
Si la pièce qu'on donne et que vous allez voir....

MONTFORT.

J'en doute. Cependant j'accepte la partie.

Quand je n'y suis pour rien, j'aime la comédie.
Allons.

MERTEUIL.

Je vous ai dit que Dermance en serait.
Partez quand vous voudrez, mon équipage est prêt.

MONTFORT.

J'obéis, puisqu'il faut que nous allions ensemble,
Et que l'amour de l'art aujourd'hui nous rassemble.
Je vais donner un ordre et reviens à l'instant.

MERTEUIL.

Fort bien, songez qu'ici Dermance vous attend.

SCÈNE II.

MERTEUIL, SEUL.

Ce pauvre ami Montfort!... l'intention est droite,
Et le sentiment pur, mais la tête est étroite.
Cet homme assurément ne peut qu'être étonné,
Quand il nous voit franchir son horizon borné.
Son neveu... bon jeune homme! et quelle différence!
L'un se fait vieux, et l'autre est riche d'espérance!
Nous avons des enfans qui vaudront mieux que nous.
Ah! bon, c'est lui.

SCÈNE III.

MERTEUIL, SAINT-FIRMIN.

MERTEUIL.

Venez; j'avais besoin de vous.
Cher ami, pourquoi donc cette mélancolie?

SAINT-FIRMIN.

Ah! monsieur; qu'ai-je-fait! je m'en repens.

MERTEUIL.

Folie!

Quoi! vous plaindriez-vous, quand un heureux destin
A vos vœux sans effort offre un succès certain?

SAINT-FIRMIN.

Nous sommes seuls; je veux parler sans me contraindre.
Je n'aperçois que trop tout ce que je dois craindre.
Quand j'aurais le succès dont vous m'avez flatté,
Croyez-vous qu'il séduise un parent irrité?
Et si, pour tout prévoir, la cabale importune
Fait éclater sur moi la mauvaise fortune,
Le malheur, augmentant son courroux et mon tort,
Me fait perdre l'espoir de désarmer Montfort.

MERTEUIL.

A vous faire embrasser hautement je m'engage.
Le cher Montfort vous trompe; oui Saint-Firmin, je gage
Qu'il serait enchanté de vous voir réussir.
C'est là ce qui pour nous va bientôt s'éclaircir.
Je voudrais à présent vous parler d'autre chose.
Vous avez vu comment Dermance se dispose
A vous faire obtenir la palme du vainqueur.
C'est un trait d'amitié qui pénètre mon cœur;
Nous lui devons tous deux, pour tant de bienveillance,
Témoigner à l'envi notre reconnaissance.
Moi, je lui donne Élise en mariage.

SAINT-FIRMIN, à part.

O dieux!

Quelle méprise!

MERTEUIL.

Vous, en vers harmonieux,
Sous le titre usité d'ode ou d'épithalame,
Il faudra célébrer l'ardeur qui les enflamme.

SAINT-FIRMIN.

Qui? moi?

MERTEUIL.

Que sur des fleurs... bercé par les zéphyrs...
L'hymen soit... à l'amour.... uni par les plaisirs.
C'est là, vous l'avoûrez, une esquisse charmante.
(Saint-Firmin fait des gestes d'impatience.)
Bravo! je vois déjà que le dieu vous tourmente.
Bon! de l'enthousiasme! à merveille! excellent!
C'est là le caractère et l'effet du talent.

SAINT-FIRMIN.

Alors que, tout rempli des projets que vous faites,
D'un hymen impromptu vous préparez les fêtes,
Dermance, je le vois, vous occupe avant tout;
Mais d'Élise, monsieur, consultez-vous le goût?

MERTEUIL.

Ah! je voudrais bien voir qu'elle fût mécontente!
Qu'elle le soit ou non, il faut qu'elle y consente,
Et qu'aujourd'hui son cœur soit dirigé par moi.

SAINT-FIRMIN.

Pourquoi voudriez-vous la contraindre?

MERTEUIL.

Pourquoi?
C'est qu'une fois Dermance entré dans ma famille,
J'acquiers, en m'entourant de l'éclat dont il brille,
Un ami qu'à mon sort je veux associer,

Qui m'estime, qui m'aime, et sait m'apprécier.

SAINT-FIRMIN.

Pour Élise, monsieur, le sacrifice est rude.

MERTEUIL.

On s'accoutume à tout; affaire d'habitude.

SAINT-FIRMIN.

Dermance auprès de vous s'est mis en grand crédit,
On le voit.

MERTEUIL.

Contre lui je sais ce que l'on dit;
Votre oncle le premier le trouve sans mérite.

SAINT-FIRMIN.

J'en conviens; suivant lui, doublement hypocrite,
C'est un faux bel-esprit ainsi qu'un faux amant,
Qui spécule sur vous.

MERTEUIL.

Je n'ai pas d'engoûment.
Laissez parler votre oncle, et disposez ma nièce
A l'honorable hymen pour lequel je la presse.
Prévenez-moi surtout dès que vous serez prêt.
Élise vient; allez pour n'être pas distrait.

SCÈNE IV.

ÉLISE, MERTEUIL.

ÉLISE.

On vient de m'avertir que mon oncle m'appelle.

MERTEUIL.

Oui, oui; c'est votre tour : venez, mademoiselle.
J'ai désiré te voir tête à tête, et je veux

T'entretenir ici d'un objet sérieux.

ÉLISE.

Qui? moi?

MERTEUIL.

Tu ris déjà!

ÉLISE.

C'est une grande affaire?

MERTEUIL.

Mais oui. Parlons raison, si cela se peut faire.

ÉLISE.

Pourquoi donc pas?

MERTEUIL.

Le vœu le plus cher de mon cœur
Ce serait, mon enfant, d'assurer ton bonheur,
Et, par les doux liens d'un aimable hyménée,
De pouvoir près de moi fixer ta destinée.
Tu sais combien je t'aime.

ÉLISE.

Allons, nous y voilà!

MERTEUIL.

Eh bien!

ÉLISE.

Vous m'avez donc fait venir pour cela?

MERTEUIL.

Oui sans doute, et la chose en vaut, je crois, la peine.

ÉLISE.

Oh! la scène était bonne, et vous étiez en veine.

MERTEUIL.

Quoi? Qu'est-ce?

ÉLISE.

Oui, l'autre jour vous étiez enchanté,

Vous savez, d'un sujet que vous aviez traité...
Cet oncle qui propose un époux à sa nièce?...
Est-ce que vous avez terminé cette pièce?

MERTEUIL.

Oui, prends le change exprès, bien..... assez plaisanté.

ÉLISE.

Non, le rôle est comique et veut de la gaité.

MERTEUIL.

Je ne suis point comique et veux qu'on m'obéisse.
Cet hymen se fera, fût-il un sacrifice.

ÉLISE.

Ah! mon oncle, d'où vient que vous forcez la voix?
Ce trait-là, vous l'avez bien mieux dit l'autre fois.
J'entends.. je veux.. j'ordonne... il faut... Mauvaise école.
Il est un art charmant d'adoucir la parole.
Aujourd'hui les enfans, et les filles surtout,
Exigent qu'on les prie, et c'est du meilleur goût.

MERTEUIL.

Il ne s'agit pas....

ÉLISE.

Moi, si j'avais fait la pièce,
J'aurais fait dire à l'oncle: Excusez, chère nièce,
Si celui dont pour vous, et sans vous, j'ai fait choix,
Est ennuyeux, pédant, et s'il a l'œil sournois;
Mais, m'étant pris pour lui d'un engoûment extrême,
Sans trop savoir pourquoi, je désire qu'on l'aime.

MERTEUIL.

Dites-nous, s'il vous plait, à ces mots délicats
Que répondrait la nièce?

ÉLISE.

Oh! qu'elle n'en veut pas.

MERTEUIL.

Comment!

ÉLISE.

Non.

MERTEUIL.

Sais-tu bien que je perds patience?
Enfin, pour trancher net, je te donne à Dermance.

ÉLISE.

Dermance! ah! par exemple!.... et c'était donc de moi
Que vous vouliez parler tout-à-l'heure?

MERTEUIL.

Oui, de toi;
Tu le sais.

ÉLISE.

A son tour mon oncle a voulu rire.

MERTEUIL

Du tout. Dermance aura l'heureux sort qu'il désire.
Cet hymen me convient, à Dermance encor mieux.

ÉLISE.

Il lui convient aussi?

MERTEUIL.

Beaucoup.

ÉLISE.

Vous êtes deux.

MERTEUIL.

Qu'est-ce à dire, en un mot?

ÉLISE.

Que sans cérémonie
On donne ici ma main pour prix d'académie.

MERTEUIL.

Écoute-le. Partout vois comme on l'applaudit;
L'oracle du bon goût parle en tout ce qu'il dit.

ÉLISE.

Tant mieux; mais s'il attend qu'il parvienne à me plaire,
Ce grand homme pourtant mourra célibataire.

MERTEUIL.

Ah! finis, ou je vais me fâcher tout-à-fait.
Mais il vient.

ÉLISE.

Je m'enfuis.

SCÈNE V.

MERTEUIL, DERMANCE.

MERTEUIL.

Que vous êtes parfait!
Avec l'oncle à Paris vous allez donc vous rendre.
Songez qu'avant ce soir il ne doit pas apprendre
Le secret de la pièce et le nom de l'auteur.
Ainsi ne dites mot; je l'exige.

DERMANCE.

D'honneur.

MERTEUIL.

Je veux lui ménager une belle surprise.
Nous aurons du plaisir.

DERMANCE.

Mais gare à la méprise.

MERTEUIL.

Comment?

DERMANCE.

Sur le succès vous comptez donc bien fort?

MERTEUIL.

Je n'en saurais douter.

DERMANCE.

En ce cas, j'ai donc tort.

MERTEUIL.

Mais, Dermance, à l'instant vous admiriez la pièce.

DERMANCE.

L'auteur était présent ; devoir de politesse.

MERTEUIL.

Je ne puis revenir de mon étonnement.
Peut-on blâmer si tôt ce qu'on trouvait charmant?

DERMANCE.

J'ai depuis aux défauts réfléchi davantage.

MERTEUIL.

Que pouvez-vous enfin reprocher à l'ouvrage?

DERMANCE.

Mais tout.

MERTEUIL.

Vous m'effrayez.

DERMANCE.

Style sans agrément,
Intrigue mal conduite, et mauvais dénoûment.

MERTEUIL.

La sentence est sévère.

DERMANCE.

Oh! vous pensez de même.
L'auteur, heureux d'avoir, dans un homme qui l'aime,
Du goût le plus exquis un modèle parfait,

Le devait consulter sur tout ce qu'il a fait.
Nous l'aurions vu du moins, à vos conseils docile,
Mieux digérer son plan et soigner plus son style.
Ses peintures de mœurs auraient certainement
Moins de prétention et plus de jugement.
Les scènes de la pièce, avec art combinées,
Seraient plus sagement l'une à l'autre enchaînées.
L'intrigue en serait claire, et le nœud moins forcé.
Au hasard et sans règle, il n'eût pas entassé
Tant de faits singuliers, d'incidens romanesques,
De caractères faux et de portraits grotesques.
Former un tout complet de détails bien liés,
Ce n'est pas, mon ami, l'œuvre des écoliers.

MERTEUIL.

Des écoliers... c'est vrai... mais je... nous... sa jeunesse...

DERMANCE.

C'est là ce qui lui fait pardonner sa faiblesse:
Il eût fait sans cela des efforts superflus.
S'il avait seulement quatre ou cinq ans de plus,
Pour lui nulle indulgence, il serait sans excuse;
Hautement pour toujours j'interdirais sa muse,
Et lui déclarerais que, vécût-il cent ans,
Il est, fut et sera sans goût et sans talens.

MERTEUIL.

D'où vient contre l'auteur une telle boutade?
N'allez pas à présent nous faire une incartade,
Et le jour du début ne l'abandonnez pas.
Vous me faites frémir.

DERMANCE.

Non, non, ses premiers pas

D'un ami bienveillant recevront l'assistance.
Le public quelquefois juge de confiance.

MERTEUIL.

On reverra plus tard les pièces du procès;
Aujourd'hui, juste ou non, il nous faut un succès.
Allez, mon cher Dermance, applaudissez sans cesse;
Du spectateur oisif excitez la paresse;
De votre enthousiasme il le faut étourdir,
Et, malgré qu'il en ait, le forcer d'applaudir.
C'est Merteuil votre ami, c'est moi qui vous en prie,
Au nom d'un art que j'aime et du nœud qui nous lie.
Supposez m'en l'auteur.

DERMANCE.

Vous m'avez assez dit
Que votre débutant implore mon crédit.
Comptez sur moi.

MERTEUIL.

C'est lui; gardez-vous de lui dire...

DERMANCE.

Pour qui me prenez-vous?

MERTEUIL, à part.

Il me met au martyre.

SCÈNE VI.

SAINT-FIRMIN, MERTEUIL, DERMANCE.

MERTEUIL, bas à Saint-Firmin.

Eh! bien, cher Saint-Firmin, avez-vous commencé?

SAINT-FIRMIN, bas à Merteuil.

Non, et n'y comptez pas.

MERTEUIL, bas à Saint-Firmin.

Bien ; j'en suis moins pressé.
Ne vous gênez donc plus.

DERMANCE.

Est-ce encor quelque chose
Que monsieur ?...

MERTEUIL.

Que je dis d'ajourner, et pour cause.

DERMANCE, à Saint-Firmin.

On parle ici de vous et de votre talent.
Pour moi, j'ai déclaré votre ouvrage excellent ;
Monsieur vous le dira.

SAINT-FIRMIN.

Je sais votre indulgence...

DERMANCE.

Pas du tout ; je suis franc, et dis ce que je pense.

MERTEUIL, à part.

L'insigne fausseté !

DERMANCE.

Sur vous on est d'accord.
Aux lettres, au public ce serait faire tort,
Que de leur dérober un talent manifeste.

SAINT-FIRMIN.

Je sais apprécier vos éloges.

DERMANCE.

Modeste
Avec tant de mérite ! Ah ! c'est trop à la fois.
Suivez votre carrière, et bientôt je prévois
Que vos heureux travaux enrichiront la France
D'un autre *Aristophane*, ou d'un nouveau *Térence*.

Dans *Molière* toujours étudiez votre art,
Et vous surpasserez *Destouches* et *Regnard.*

SAINT-FIRMIN.

Riez-vous ?

MERTEUIL, à Dermance.

C'est Montfort. Soyez discret et sage.

SCÈNE VII.

SAINT-FIRMIN, MONTFORT, MERTEUIL, DERMANCE.

MONTFORT.

Allons, me voilà prêt pour faire le voyage.
Monsieur mon cher neveu nous accompagne aussi ?

SAINT-FIRMIN.

Non, mon oncle ; monsieur compte rester ici,
Et je désirerais lui tenir compagnie.

MONTFORT.

Tu veux nous envoyer seuls à la comédie,
Toi, qui dans ta province y courais, tous les jours ?

SAINT-FIRMIN.

Mes goûts ont bien changé, mon oncle.

MONTFORT.

Ah!...viens toujours ;
Nous rirons de l'auteur, quelque fou, qui peut-être
Veut se faire siffler pour se faire connaître.
N'aurais-tu jamais vu d'auteur tomber à plat ?

SAINT-FIRMIN.

Jamais.

MONTFORT.

Je voudrais bien que celui-ci tombât ;
Ce serait drôle.

SAINT-FIRMIN.

Oh ! oui, très-gai.

MONTFORT.

Quelle manie
De vouloir s'exposer à pareille avanie !
Tu mourrais, j'en suis sûr, d'un si cruel affront ;
Aussi ce n'est pas toi que ces messieurs prendront.

DERMANCE, bas à Merteuil.

La scène est excellente ; allons, votre malice
Peut ici s'exercer.

MERTEUIL, bas à Dermance.

(A part.)

C'est plaisant. Quel supplice !

MONTFORT, à Merteuil.

Et vous, mon bon ami ?

MERTEUIL.

Je n'en suis pas.

MONTFORT.

Pourquoi ?

MERTEUIL.

Une affaire m'occupe et me retient chez moi.

MONTFORT.

Une affaire à traiter sur le Pinde, au Parnasse ?
Est-ce un drame nouveau dont monsieur nous menace ?
Car il faut espérer qu'il voudra quelque jour
Au théâtre Français figurer à son tour.

DERMANCE.

Il a, pour le tenter, le talent nécessaire.

MONTFORT.

Oui, oui, Phébus lui darde un rayon qui l'éclaire.

MERTEUIL.

Adieu, mauvais railleur.

MONTFORT.

Bon poète, au revoir.

MERTEUIL.

L'un des deux changera de langage ce soir.

(Ils sortent, Montfort et Dermance d'un côté, Merteuil et Saint-Firmin d'un autre, pour rentrer dans l'intérieur.)

FIN DU SECOND ACTE.

ACTE TROISIÈME.

SCÈNE I.

SAINT-FIRMIN SEUL.

Merteuil a donc juré, dans sa double folie,
De faire pour jamais le malheur de ma vie!....
Ne demandait-il pas qu'un rival détesté
Fût par moi, dans une ode, expressément chanté!.....
Je n'avais pas le mot de cette énigme étrange,
Et j'ai là, j'en conviens, joliment pris le change.
De ma naïveté je suis humilié!.....
C'est qu'on n'est pas plus dupe et mieux mystifié!...
On se consolerait, en obtenant la nièce,
Du chagrin d'endosser une mauvaise pièce:
Mais pas du tout; Merteuil veut jeter, en un mot,
Élise et mon honneur à la tête d'un sot.....
Faudra-t-il donc laisser, sans nulle résistance,
Et d'Élise et de moi triompher ce Dermance?
Non, non; je ne veux pas qu'un seul et même jour
Voie immoler deux fois l'amour-propre et l'amour.
C'est elle.

SCÈNE II.

SAINT-FIRMIN, ÉLISE.

ÉLISE.

Je vous cherche; il faut que je vous voie.

SAINT-FIRMIN.

Qu'avez-vous donc?

ÉLISE.

Mon cœur ne se sent pas de joie;
Nous avons du nouveau.

SAINT-FIRMIN.

Quoi? depuis un moment
Auriez-vous donc appris un grand événement?

ÉLISE.

Très-grand, très-décisif, et qui vous intéresse.

SAINT-FIRMIN.

Sauriez-vous quelque chose au sujet de la pièce?
Du théâtre Français est-ce un ambassadeur?
Cela regarde-t-il ou l'amant ou l'auteur?

ÉLISE.

Oh! l'amant, puisqu'enfin vous dites que vous l'êtes,
Monsieur.

SAINT-FIRMIN.

Jusqu'à la mort.

ÉLISE.

Quant aux vers que vous faites...

SAINT-FIRMIN.

Dites votre oncle au moins...

ÉLISE.

J'en fais beaucoup de cas;
Mais aujourd'hui, vraiment, ils ne m'occupent pas.

SAINT-FIRMIN.

Je vous ai tout-à-l'heure expliqué ma conduite.
Par un espoir flatteur mon ame était séduite;
Je croyais, mais je vois que j'ai calculé mal,
En plaisant à Merteuil écarter un rival.

ÉLISE.

Moi seule, en un instant, mes dates sont exactes,
J'en ai fait plus que vous en cinq mois et cinq actes.
Je commence la guerre, et le traître éperdu
Succombe sans défense à mes pieds étendu.
J'ai sans nulle pitié porté le coup de grâce;
Il n'en reviendra pas, il est mort sur la place.

SAINT-FIRMIN.

Chaque parole ajoute à mon étonnement.

ÉLISE.

Pour moi, venir, voir, vaincre, est l'œuvre d'un moment.

SAINT-FIRMIN.

Élise, au nom du ciel, quittez la métaphore,
Vous m'aimez,... quel bonheur puis-je espérer encore?

ÉLISE.

Celui que votre cœur a le plus désiré;
D'un odieux rival vous êtes délivré.
Dans mes plans de campagne aurez-vous confiance?
De ces lieux aujourd'hui je fais chasser Dermance.

SAINT-FIRMIN.

Qu'ai-je entendu?

ÉLISE.

Je crois que de son engoûment
Mon cher oncle est guéri, mais radicalement.
Le fat est pris au piége ; et, c'est ce que j'en aime,
En voulant nous trahir, il s'est trahi lui-même.
« Bouffi, vous le savez, de folle vanité,
« Pour un épistolaire il veut être cité;
« Il s'est fait l'héritier de *Balzac* et *Voiture;*
« Il faut que tout le monde ait de son écriture;
« Ses billets parfumés vous feront compliment
« Sur votre mariage ou votre enterrement.
« Une correspondance ouverte à tout le monde,
« Était pour la malice une mine féconde. » (*)
J'en ai su profiter; ma suivante Marton,
Prenant, sous ma dictée, et le style et le ton
D'un auteur, c'est ainsi qu'elle se qualifie,
Qui des contemporains fait la Biographie,
Et veut d'un bon article enrichir son recueil,
Écrit à mon Dermance, et sur monsieur Merteuil
Demande à son bon goût autant qu'à sa justice
Pour le tome prochain une courte notice.
Jamais sur l'amour-propre on ne calcule en vain,
Surtout avec un sot aussi fourbe que vain.
La réponse long-temps ne s'est point fait attendre.
C'est l'écrit d'un ami si fidèle et si tendre,
Que Merteuil vient de lire en sortant d'avec vous.
Je ne pourrai jamais vous peindre son courroux,
Quand il a reconnu dans le panégyrique

(*) On passe à la représentation les huit vers marqués d'un guillemet.

De sa muse champêtre un éloge ironique.
Pour la prose et les vers le méchant goguenard
Le proclame tout haut l'aigle de *Vaugirard*.
Mais savez-vous en lui ce que surtout il vante?
Sa maison, ses dîners, vingt mille écus de rente,
Et ce que fait mon oncle avec ceux du métier,
Comme monsieur Guillaume avec son teinturier.

SAINT-FIRMIN.

Quel homme abominable, et quelle ingratitude!
Votre oncle....

ÉLISE.

Il fallait voir sa plaisante attitude.

SAINT-FIRMIN.

Il faut plaindre Merteuil; mais du moins en ce jour
Que sa colère tourne au profit de l'amour.

ÉLISE.

J'aurai soin dans son cœur d'irriter son offense;
Et je m'en vais finir d'expédier Dermance.

SAINT-FIRMIN.

Songez que mon bonheur ne dépend que de vous.

SCÈNE III.

SAINT-FIRMIN seul.

Ah! je suis quitte enfin de l'hymne des époux.
J'aime mieux pour mon compte avoir l'épithalame....
Mais quelle inquiétude agite encor mon âme?.....
De ce drame maudit que va-t-il arriver?
O rêve douloureux! qu'il tarde à s'achever!
J'attends le châtiment de ma folle imprudence....
Dieux! c'est Dubois.... il vient m'apporter ma sentence.

SCÈNE IV.

SAINT-FIRMIN, DUBOIS.

DUBOIS.

Vivat! monsieur, vivat!

SAINT-FIRMIN.

Quoi?

DUBOIS.

Réjouissez-vous.

SAINT-FIRMIN.

Ne me fais pas languir.

DUBOIS.

Le succès de l'affaire
A vraiment surpassé mon attente, et j'espère
Que des soins que j'ai pris monsieur me saura gré.

SAINT-FIRMIN.

C'est trop fort: Dis-tu vrai?

DUBOIS.

Dermance est atteré.

SAINT-FIRMIN.

Dermance! A quel propos?

DUBOIS.

Oh! oh! c'est un mystère
Que monsieur me faisait, et qu'il n'eût pas dû faire.
Mais ayant une fois pénétré le secret,
J'ai travaillé pour vous, et dans votre intérêt;
Car j'ai bien deviné que le sort de la pièce
Déciderait l'hymen de la charmante nièce.

SAINT-FIRMIN.

Non; je n'en reviens pas. Parle donc.

DUBOIS.

Soit. Sachez
Que trente bons vivans, qui me sont attachés,
Ont, pour exécuter ma manœuvre savante,
Au milieu du parterre opéré leur descente.
Figurez-vous l'effet d'un pareil coup de main.
Le bataillon carré faisait un bruit, un train!
Et les pieds et les mains, et les cris : A la porte!
On vous servait enfin, et de la bonne sorte.
Vous triomphez, monsieur, le rival est à bas.

SAINT-FIRMIN.

C'est à perdre la tête, et je vais de ce pas
L'annoncer à Merteuil; mais le voici lui-même.

Dubois sort.

SCÈNE V.

SAINT-FIRMIN, DUBOIS, MERTEUIL.

SAINT-FIRMIN, *embrassant Merteuil.*

Embrassons-nous, monsieur. Mon plaisir est extrême
De pouvoir le premier vous annoncer...

MERTEUIL.

Eh! quoi?

SAINT-FIRMIN.

Ce que vous désirez au moins autant que moi;
La pièce...

MERTEUIL.

Eh bien! la pièce?

SAINT-FIRMIN.

On l'a fort applaudie.

MERTEUIL, *attendri, et le réembrassant.*

Ah! mon ami!...

SAINT-FIRMIN.

Dubois vient de la comédie,
Et lui-même il a vu tout ce qui s'est passé.

MERTEUIL.

Eh bien! qu'avais-je dit? je m'étais abusé!
Je la jugeais en père, et j'avais tort de croire
Que je vous ménageais une route à la gloire!
Jeune homme, vos refus n'étaient pas obligeans.
Apprenez donc enfin à connaître vos gens.
Juge infaillible et sûr, le public vous couronne.
Jouissez d'un succès que je vous abandonne,
Et ne craignez jamais qu'un mouvement jaloux...
Oh! jamais.

SAINT-FIRMIN.

Du succès la gloire est toute à vous;
Goûtez-la seul, monsieur; je n'ai rien à prétendre.
De ma bouche à l'instant ces messieurs vont l'apprendre,
Et le public aussi sera désabusé.

MERTEUIL, *appelant Dubois qui rentre.*

Dubois?

DUBOIS.

Monsieur?

MERTEUIL.

Voyons. T'es-tu bien amusé?
Que dit-on de l'ouvrage?

DUBOIS.

On disait au parterre
Qu'il mérite l'accueil que l'on vient de lui faire.

MERTEUIL.

Parbleu, je le crois bien; mais toi, qu'en penses-tu?

DUBOIS.

Ne m'interrogez pas; je n'ai rien entendu.

MERTEUIL.

On applaudissait donc d'une étrange manière?

DUBOIS.

Fort étrange en effet et vraiment singulière.

MERTEUIL.

Ma foi, c'est bien à tort qu'un auteur irrité
Accuse le public de partialité.
Un drame, quel qu'il soit, fût-il du plus grand maitre,
Je dis, s'il est sifflé, qu'il méritait de l'être.
C'est là mon sentiment, et rien n'est, à mon gré,
Plus sot qu'un sot auteur, qui, d'orgueil enivré,
Unique admirateur de ses propres ouvrages,
Veut d'un parterre entier récuser les suffrages,
Appelle au petit nombre, et rend dans ses écrits
Outrage pour outrage et mépris pour mépris.

DUBOIS.

Que fera celui-ci? Je n'en sais rien encore.

MERTEUIL.

Pour répondre aux bontés dont le public l'honore,
Il ne peut faire mieux que de recommencer.

DUBOIS.

Oh! si je ne me trompe, il est loin d'y penser.
Je n'aurais garde au moins, si j'étais à sa place,
De m'exposer jamais à pareille disgrâce.

MERTEUIL.

Disgrâce! Et quel malheur a-t-il donc essuyé?

Un succès enlevé!

DUBOIS.

Son sort me fait pitié.
Ne vous figurez pas une chute légère,
Caprice d'un moment, bourrasque passagère,
Qu'un instant plus heureux peut bientôt réparer.
Contre ce pauvre auteur tout semblait conspirer.
Jamais chute ne fut plus lourde, plus compacte.
C'était un parti pris. Depuis le premier acte,
J'ai vu jusqu'à la fin, j'ai vu l'infortuné
Sous deux mille sifflets tomber assassiné.

SAINT-FIRMIN.

Quel coup de foudre! O ciel! et que viens-je d'apprendre!

MERTEUIL.

Cela ne se peut pas; Dubois veut nous surprendre.

SAINT-FIRMIN.

Non, il n'est que trop sûr; je suis déshonoré...
Mais dis-moi, malheureux, pourquoi m'as-tu leurré?
Pourquoi m'avoir flatté d'un succès illusoire?
Pourquoi venais-tu donc m'annoncer la victoire,
Lorsque tu me savais accablé, confondu?
Réponds, bourreau, réponds.

DUBOIS.

C'est un mal entendu.
Veuillez bien pardonner, monsieur, mon ignorance;
J'ai fait, pour vous servir, siffler monsieur Dermance.

SAINT-FIRMIN.

Dermance? Qui t'a dit, répondras-tu bientôt,
Qu'il était l'auteur?

DUBOIS.

Qui? vous-même, ici, tantôt.

SAINT-FIRMIN.

Moi! Peut-on à ce point pousser l'impertinence!
Sauve-toi, malheureux.

DUBOIS.

Mais...

SAINT-FIRMIN.

Sors de ma présence;
Sors, te dis-je, à l'instant, ou je serai forcé...

DUBOIS.

Me voilà de mes soins fort bien récompensé.

SCÈNE VI.

SAINT-FIRMIN, MERTEUIL.

(Ils se regardent quelque temps sans se parler.)

MERTEUIL.

Que la raison sur vous reprenne son empire.

SAINT-FIRMIN.

La raison! Oui, cela vous est facile à dire.
Faut-il, quand, malgré moi, vous me faites auteur,
Pour épargner le vôtre, immoler mon honneur?

MERTEUIL.

Votre honneur est intact. Eh! mon ami, qu'importe
Que pour quelques momens la cabale l'emporte,
Et que des ignorans s'efforcent d'étouffer
Les germes du bon goût qui cherche à triompher?
Ce tribunal qui croit, de l'aveu de Thalie,
Ou dispenser la gloire ou flétrir le génie,

Dites, qui le compose, et qu'est-il après tout?
Un troupeau d'étourdis sans cervelle et sans goût.
Mais il est un public, dont l'équité rassure;
C'est la saine raison qui règle sa censure;
C'est lui qui nous console et nous venge en deux mots
Des sifflets de l'envie et du mépris des sots.
Comptez sur ce public, mon ami; bravez l'autre.
Votre ouvrage...

SAINT-FIRMIN.

Le mien, monsieur! dites le vôtre.

MERTEUIL.

Ne parlez pas si haut; quelqu'un nous entendra.

SAINT-FIRMIN.

Eh! monsieur, que m'importe? Eh bien! chacun saura
Que je m'étais laissé siffler par obligeance.

MERTEUIL.

Auriez-vous, Saint-Firmin, si peu de complaisance?

SAINT-FIRMIN.

Ah! je n'en eus que trop, et j'en suis bien payé.
Un revers peu bruyant ne m'eût pas effrayé;
Mais un échec si rude, un si cruel outrage,
Quand je suis innocent, abat tout mon courage.
J'y succombe en un mot et vais tout déclarer.
C'est à quoi dès l'instant il vous faut préparer.

MERTEUIL.

Attendez quelques jours.

SAINT-FIRMIN.

Pas seulement deux heures.

MERTEUIL.

Vous-même avez trouvé la pièce des meilleures.

SAINT-FIRMIN.

Qui? moi, monsieur? jamais.

MERTEUIL.

Aujourd'hui peu goûté.
En triomphe demain l'auteur sera porté.
A nuire aux grands talens la cabale s'obstine.
Elle applaudit *Pradon*, elle siffla *Racine*.
Le grand siècle a rougi d'un manége honteux;
Il a légué *Racine* à ses derniers neveux,
Et jusqu'à nous sa gloire a passé tout entière.
Je vous cite des faits. N'a-t-on pas vu *Molière*
Tomber à plat? *Molière!*... on l'avait mal compris.
Tôt ou tard du courage ou recueille le prix.
Je suis fier du talent qu'en vous j'ai fait éclore.
Il est vrai qu'un nuage obscurcit son aurore;
Mais bientôt, près du but où votre ardeur prétend,
Les palmes à la main la gloire vous attend.

SAINT-FIRMIN.

Je vous la laisse entière, et pour moi j'y renonce.
J'obéis à l'arrêt que le public prononce.
Il n'est qu'un seul objet dont mon cœur soit jaloux.

MERTEUIL.

Et de qui dépend-il?

SAINT-FIRMIN.

De qui, monsieur? de vous.

MERTEUIL.

De moi, cher Saint-Firmin! parlez avec franchise;
Je vous accorde tout.

SAINT-FIRMIN.

Monsieur, j'adore Élise,

Et c'était pour vous plaire et pour la mériter,
Que j'ai souscrit à tout sans oser résister.
Le bonheur où j'aspire...

MERTEUIL.

...Eh! dites-moi, ma nièce
Sait-elle... par hasard... que l'auteur de la pièce?...

SAINT-FIRMIN.

Mais je le crois...

MERTEUIL.

Grands dieux! quel coup désespérant!
Elle aura tout dit.

SAINT-FIRMIN.

Rien. Je me fais son garant.

MERTEUIL.

Je veux savoir... Mais bon; c'est Élise elle-même!

SCÈNE VII.

MERTEUIL, SAINT-FIRMIN, ÉLISE.

MERTEUIL.

Tu me vois, mon enfant, dans une peine extrême;
Ce funeste secret...

ÉLISE.

Il n'est su que de moi.

MERTEUIL.

Élise m'en répond?

ÉLISE.

J'en réponds.

MERTEUIL.

Je te croi.

Me voilà plus tranquille, et ce mot me console.
Écoute maintenant. Tu sais que ma parole
Engageait à Dermance et ton cœur et ta main.
Je l'avais mal connu ; j'ouvre les yeux enfin.
C'est un homme sans foi, sans honneur ; je le chasse.

SAINT-FIRMIN.

Souffrirez-vous ici qu'un autre le remplace?

MERTEUIL.

C'est Montfort qui revient.

SCÈNE VIII.

SAINT-FIRMIN, ÉLISE, MONTFORT, MERTEUIL.

MERTEUIL.

Eh bien! aucun succès?

MONTFORT.

Aucun. Avec dépens l'auteur perd son procès.
Quelle pièce, bon Dieu! si j'avais pu la lire,
Avant que sur la scène on osât la produire,
A l'auteur, quel qu'il fût, je l'aurais bien prédit.
Point de fond, nulle intrigue, et c'est si mal écrit!

MERTEUIL.

Dermance comme vous en a jugé sans doute?

MONTFORT.

L'honnête homme qu'il est! Pendant toute la route
Sur la pièce et l'auteur il a fort plaisanté.
Je l'ai vu, car monsieur m'a bien vite quitté,
Diriger la cabale en professeur.

MERTEUIL.

Le lâche!

MONTFORT.

C'est mal... je sais pourquoi le procédé vous fâche,
Messieurs.

MERTEUIL.

Le traître!

MONTFORT.

Et j'ai, par ma sagacité,
Sur ce petit mystère appris la vérité.

MERTEUIL.

Eh! quoi?

MONTFORT.

Je tiens ici l'auteur.

SAINT-FIRMIN, bas à Élise.

Voici la crise.

ÉLISE, bas à Saint-Firmin.

Courage!

MONTFORT.

Grâce au ciel, ce n'est pas votre Élise,
Ni moi, ni même vous... ainsi c'est mon neveu!...
Misérable!...

SAINT-FIRMIN.

Mon oncle...

MONTFORT.

En feras-tu l'aveu?
L'oseras-tu?

SAINT-FIRMIN.

Mon oncle...

MONTFORT.

Il n'est oncle qui tienne.

Tu trahis ta promesse et je garde la mienne.

MERTEUIL.

Écoutez, mon ami. Saint-Firmin...

MONTFORT.

Est un fou.

MERTEUIL.

Mais lorsque vous saurez...

MONTFORT.

Qui n'aura pas un sou.

MERTEUIL.

Permettez donc au moins...

MONTFORT.

Que je mets à la porte.

MERTEUIL.

Si cependant, monsieur, c'était moi...

MONTFORT.

Que m'importe?
De l'avoir perverti n'êtes-vous pas honteux?
Aux petites-maisons vous irez tous les deux.

MERTEUIL.

Vous l'avez avoué, l'intrigue la plus noire
Nous ferme pour un jour le temple de la gloire.

MONTFORT.

Que diable parlez-vous de gloire! eh! non jamais
A tous ces petits riens, monsieur, je ne la mets.

(A son neveu.)

Si ton ambition aime la renommée,
Mille exemples fameux t'appellent à l'armée;
Sois guerrier, publiciste, orateur, magistrat;
Consacre enfin, heureux d'être utile à l'État,

Ta plume ou ton épée à servir ta patrie,
Et songe à l'amuser quand tu l'auras servie.

MERTEUIL.

M'entendrez-vous enfin?

MONTFORT.

Mon ami, c'en est fait;
Il sait ce que j'ai dit; il en verra l'effet.

MERTEUIL.

Le courroux que vous donne un simple badinage,
Monsieur, va me contraindre à changer de langage.
Mon honneur, mon devoir me commande un aveu,
Qui va justifier votre aimable neveu...
Cet auteur que condamne un juge inexorable,
Ce n'est pas lui.

MONTFORT.

Qui donc?

MERTEUIL.

Vous voyez le coupable.

MONTFORT.

Mon pauvre ami, c'est vous! dites-moi donc pourquoi
Vous faisiez un mystère....

MERTEUIL.

Un mot suffit; c'est moi.

MONTFORT.

Je reviens sur mes pas. La pièce est amusante,
Pleine d'esprit, de sel; au fait, elle est charmante.
La cabale n'est rien, quand le goût applaudit.

SAINT-FIRMIN.

Il m'appartient....

MONTFORT.

Le drame?

SAINT-FIRMIN.

Après ce qu'on a dit,
D'expliquer.....

MONTFORT.

Çà, des deux quel est le véritable?
Si la pièce est de toi, je la trouve exécrable.

SAINT-FIRMIN à Montfort.

Qu'il vous serait aisé de faire deux heureux!

MONTFORT.

Deux heureux? ...

ÉLISE, à Merteuil.

Moins que lui serez-vous généreux?

MERTEUIL.

Une telle action veut une récompense.
J'ai du prix qu'il y met reçu la confidence.
Vous, d'un oncle irrité dépouillant la rigueur,
Imitez-moi, d'un mot assurez son bonheur.

MONTFORT.

J'ai deviné... fort bien... la charmante étourdie
Nous fait à tous ici jouer la comédie.
L'intrigue est bien filée; un rival éconduit,
Un ridicule au moins sur la scène produit,
Rien n'y manque; au lieu d'un, deux tuteurs, deux bons homme
Car, si vous permettez, mon ami, nous le sommes;
Tout favorise enfin la maîtresse et l'amant,
Et moi, je les unis pour faire un dénoûment.

MERTEUIL.

L'action marche bien, mais la fin est commune;

Car aux jeunes époux je donne ma fortune :
Cela se voit partout.

SAINT-FIRMIN.

A dater de ce jour,
Je veux sacrifier les muses à l'amour.

MONTFORT.

Très-bien ; d'autres succès t'attendent en ménage.
(A Merteuil.)
C'est un modèle à suivre, et l'exemple est fort sage.

MERTEUIL.

J'ai pourtant une pièce où je peins deux époux....

MONTFORT.

Encor ?

MERTEUIL.

Nous la lirons en famille, entre nous.

FIN.

www.ingramcontent.com/pod-product-compliance
Ingram Content Group UK Ltd.
Pitfield, Milton Keynes, MK11 3LW, UK
UKHW020313220726
13923UKWH00003B/1119